ÉLOGE FUNÈBRE

DE

DANIEL O'CONNELL.

ÉLOGE FUNÈBRE

DE

DANIEL O'CONNELL,

PRONONCÉ A NOTRE-DAME DE PARIS,

le 10 février 1848,

PAR LE RÉVÉREND PÈRE

HENRI-DOMINIQUE LACORDAIRE,

DES FRÈRES PRÊCHEURS.

PARIS.

SAGNIER ET BRAY, LIBRAIRES-ÉDITEURS,

Rue des Saints-Pères, 64.

1848

ÉLOGE FUNÈBRE

DE

DANIEL O'CONNELL.

Beati qui esuriunt et sitiunt justitiam, quoniam ipsi saturabuntur.

Bienheureux ceux qui ont faim et soif de la justice, parce qu'ils seront rassasiés.

(S. MATTHIEU, ch. v, v. 6.)

MONSEIGNEUR (1),

MESSIEURS,

Je ne vous dirai rien des paroles que vous venez d'entendre, et qui ont été prononcées pour la première fois par celui qui a mis au monde tant de paroles nouvelles. Je ne vous en dirai rien, parce qu'elles retentiront dans toute la trame de mon discours, et qu'à chaque

____

(1) Monseigneur l'Évêque de Saint-Flour.

mot, à chaque phrase, à chaque mouvement, vous vous direz à vous-mêmes, sans que j'aie besoin de vous le redire : *Bienheureux ceux qui ont faim et soif de la justice, parce qu'ils seront rassasiés !* Et déjà, cette foule, cette attente, cette solennelle préoccupation des cœurs, qu'est-ce autre chose que la justice qui vient, qui descend du ciel sur un homme dont la vie agitée n'espérait pas si vite l'unanime reconnaissance des temps présents, ni même des temps futurs ? Et cet homme, maître d'une postérité à peine née sur sa tombe, quel est-il ? Par quel charme a-t-il si prématurément commandé à la justice ? Est-ce un roi qui s'est couché le long de ses ancêtres, après avoir glorieusement gouverné son peuple ? Est-ce un conquérant qui a porté jusqu'aux extrémités de la terre la puissance de ses armes ? Est-ce un législateur qui a fondé quelque nation dans le chaos des commencements ou des ruines ? Non, non, ce n'est rien de tout cela, et c'est plus que cela : c'est un homme qui n'a été ni prince, ni capitaine, ni fondateur d'empire, et qui, simple citoyen, a plus gouverné que les rois, plus gagné de batailles que les conquérants, plus fait que tous ceux qui ont reçu d'ordinaire la mission de détruire ou d'édifier. Sa patrie lui a donné le nom de *Libérateur,* et, à ne prendre ce titre que dans une acception bornée, il serait encore assez beau pour justifier les honneurs inaccoutumés que nous lui rendons, pour nous expliquer d'où vient que Rome,

la maîtresse des gloires augustes, lui a ouvert ses ba-
siliques, et pourquoi, tout étranger qu'il fût à notre
pays, ces voûtes sacrées et patriotiques de Notre-Dame
couvrent, à cette heure, l'admiration qui est demeurée
vivante sur son tombeau. Ce serait assez, dis-je, qu'il
eût été le libérateur d'un pays opprimé pour justifier
tout ce que Rome, la France et le monde pensent de sa
mémoire, et font pour l'exalter. Mais ce n'est pas à ce
point de vue que je m'arrête; il est trop étroit pour lui,
pour vous, pour votre attente, pour les pensées qui
assiégent mon cœur. Je veux vous faire voir que cet
homme a marqué sa place parmi les plus grands libérateurs de l'Église et de l'humanité. Je laisse donc à
part, s'il est permis de le faire, les idées de la patrie,
qui ne vont pas assez loin ni assez haut pour notre
sujet. J'ouvre le plus vaste théâtre où une mémoire
humaine puisse être posée, le théâtre de l'Église et
de l'humanité tout entière.

O mon Dieu, père de la justice, je vous rends grâces
de ce qu'en ces temps, témoins de trop de mystères d'i-
niquité, vous permettez à mes lèvres de faire ici l'éloge
d'un homme de justice, dont la longue et agitée carrière n'a pas coûté une goutte de sang, ni même une
larme, et qui, après avoir remué plus d'hommes et plus
de peuples que nous ne le trouvons marqué en aucune
histoire, est descendu au tombeau pur de tout repro-
che, sans craindre que jamais âme qui vive puisse sou-

lever sa pierre sépulcrale pour lui demander compte, dans les cinquante ans de sa vie publique, je ne dis pas d'une action coupable, mais d'un malheur. Je vous rends grâces, ô mon Dieu, que ce soit là l'objet de cette assemblée, et grâces aussi de cette justice que vous avez promise à tous les hommes, et que je vais rendre en votre nom et au nom de la chrétienté à la mémoire de Daniel O'Connell.

Dès les premiers jours du monde, il y a eu dans le monde une lumière divine, une charité divine, une autorité divine, une société divine. Des champs primitifs de l'Eden au sommet de l'Ararat, de l'Ararat au rocher du Sinaï, du Sinaï à la montagne de Sion et du Calvaire, du Calvaire à la colline du Vatican, jamai Dieu n'a cessé d'agir et d'être présent sur la terre. Et il semble que ce règne de la lumière, de la charité, de l'autorité venues d'en haut, que cette union des âmes par Dieu et en Dieu, notre père à tous, eût dû, s'il était possible, obtenir ici-bas l'unanimité, ou du moins ne pas rencontrer d'ennemis et de combat. Mais nous sommes ici dans la terre du combat, et Dieu s'y est soumis le premier ; il a consenti à nous livrer sa vie, en tant qu'elle est mêlée à la nôtre ; à être jugé par nous, et par conséquent à être accepté des uns et repoussé des autres. Cette guerre sacrée est aussi ancienne que le monde : elle durera autant que lui. Mais dans ses vicissitudes, on remarque deux moments et deux missions fastiques entre tous les autres : le moment de la persécution et le moment de la délivrance ; la mission des persécuteurs et la mission des libérateurs. Lorsque le monde est plus que de coutume fatigué de Dieu, qu'il s'ennuie d'en entendre parler ou qu'il l'estime puissant outre-mesure, il fait un effort contre lui et, trop faible de raison pour le chasser par les seules forces de l'âme, il recourt aux brutalités de l'ordre matériel. Il renverse, il brûle, il tue tout ce qui porte le signe divin, jusqu'à ce que, satisfait du silence et du désert qu'il a créés, il juge que, à tout le moins, s'il n'a pas vaincu, il a conquis pourtant quelques jours de trève et de triomphe. Mais Dieu n'est jamais plus puissant qu'en ces jours-là ; il sort des ruines par une germination que personne ne s'explique, ou plutôt l'humanité, tourmentée de son absence, retourne vers lui comme un enfant rappelle son père au foyer domestique dont il l'a banni. La justice, la vérité, l'ordre éternel reprennent le dessus dans la conscience du genre humain, et le siècle de la délivrance succède au siècle de la persécution. Alors apparaît quelqu'un de ces hommes tels que la Providence en a préparés de loin dans le secret tout-puissant de ses conseils ; ce sera Moïse tirant le peuple de Dieu des mains de l'Égypte, Cyrus le ramenant de Babylone aux champs de la patrie, Judas Macchabée défendant son indépendance contre les successeurs d'Alexandre, et plus tard les Constantin, les Charlemagne, les Grégoire VII :

Constantin, qui donne aux chrétiens la liberté de conscience; Charlemagne, qui assure contre les empereurs grecs et les rois barbares et l'avenir lui-même l'indépendance du vicaire de Dieu; Grégoire VII, qui arrache l'Église aux étreintes mortelles de la féodalité; noms illustres, les plus rares et les plus grands de l'histoire! Et peut-être vous semblera-t-il qu'en les prononçant j'use de peu d'habileté, et que je m'expose à faire pâlir le nom même de celui que je dois glorifier. Pour moi, Messieurs, je n'en ai pas peur, et vous allez juger si je me trompe.

Ouvrez la carte du monde, et considérez à ses deux extrémités ces deux groupes d'îles, les îles du Japon et les îles britanniques. Suivez la trace des peuples sur cette ligne de trois mille lieues; nombrez le Japon, la Chine, la Russie, la Suède, la Prusse, le Danemarck, le Hanovre, l'Angleterre, l'Irlande. Vous comptez en vain; dans ce grand nombre de royaumes, il n'en est pas un seul où l'Église de Dieu jouisse de ses inaliénables libertés, où sa parole, ses sacrements et ses assemblées ne soient humiliés et captifs. Quoi! tant de peuples à la fois dépouillés de la sainte indépendance des enfants de Dieu! Quoi! parmi ces deux cents millions d'hommes, il ne s'est pas rencontré des cœurs assez forts pour maintenir quelque part les droits de la conscience et la dignité du chrétien! Ah! détrompez-vous, Messieurs, Dieu n'a jamais laissé la vérité sans martyrs, c'est-à-dire sans témoins qui la servent jusqu'au sang ; et comme ici le scandale de l'oppression était au comble par son étendue, sa durée et sa rigueur, Dieu, de son côté, a fait aussi un miracle nouveau dans l'histoire du martyre. On avait vu des hommes et des familles mourir pour leur foi, et ne laisser après eux de ce grand spectacle que leurs restes mutilés et leur mémoire incorruptible. Mais un peuple tout entier vivant dans un martyre continu, des générations d'âmes liées entre elles par une même patrie terrestre, se transmettant l'héritage de la foi dans un supplice héréditaire aussi, on ne l'avait pas vu. Dieu l'a voulu et l'a fait ; il l'a voulu de notre temps et l'a fait de notre temps. Parmi ces nations que je montrais tout à l'heure enchaînées l'une à l'autre dans l'espace et dans la servitude spirituelle, il en est une qui n'a point accepté le joug, qui, esclave matériellement, est demeurée libre par l'âme. Une des plus fières puissances du monde s'est prise corps à corps avec elle pour l'entraîner dans l'abîme du schisme et de l'apostasie. Vouée à une guerre d'extermination, elle a succombé sans trahir ni le courage des combats, ni le courage de la fidélité à Dieu. Spoliée de sa terre natale par des confiscations gigantesques, elle a cultivé pour ses vainqueurs le champ de ses aïeux, et trouvé dans ses sueurs le pain qui lui suffisait pour vivre avec honneur et pour mourir avec foi. La famine lui a disputé ce morceau de pain, elle a levé vers la Providence des yeux qui ne l'accusaient pas. Ni la guerre, ni la spoliation, ni la famine n'ont réussi à la faire périr ni à la faire apostasier; ses oppresseurs, si puissants qu'ils fussent, n'ont pu épuiser la vie dans ses entrailles et le devoir dans son cœur. Enfin, comme le glaive le plus hardi et le plus lâche ne saurait tuer toujours, la tyrannie a cherché quelque chose de plus constant que le fer, et l'on a vu se vérifier dans cette nation victime cette prophétie de la révélation de saint Jean, qu'*il viendra des temps où l'on ne pourra ni vendre ni acheter sans avoir dans la main et sur le front le signe de la bête,* c'est-à-dire de l'apostasie.

On a donc enlevé à ce peuple d'un seul coup tous ses droits politiques et civils. Tout être qui naît, naît avec un droit. La pierre même inanimée apporte avec elle au monde une loi qui la protége et l'ennoblit; elle est sous la garde de la loi mathématique, loi éternelle, ne faisant qu'une même chose avec l'essence de Dieu, et qui ne vous permet pas de toucher, ne fût-ce qu'un atome, sans le respect de sa force et de son droit. Tout être naît ainsi, aussi faible qu'il soit, avec une part de la puissance et de l'éternité de Dieu, et à plus forte raison l'homme, créature qui pense et qui veut, fils aîné de l'intelligence et de la volonté divine, en sorte qu'ôter à un homme son droit natal, c'est un crime si grand, que la pierre même, si on pouvait lui ôter le

sien, accuserait le ravisseur de parricide et de sacri-
lége. Que sera-ce donc d'enlever le droit d'un peuple ?
Eh bien ! c'est ce qu'on a fait à ce peuple héroïque
dont je vous dépeins le supplice et la fermeté ! On a
fait plus, Messieurs, ce rapt du droit, ce meurtre légal
d'une nation, on ne l'a pas établi d'une manière ab-
solue, mais d'une manière conditionnelle, en sorte
qu'il fût toujours possible à la nation et à chacun de
ses membres de se racheter de la mort publique et
civile par l'apostasie. La loi leur disait : Vous n'êtes
rien, apostasiez, et vous serez quelque chose. Vous
êtes esclaves, apostasiez, et vous serez libres. Vous
mourez de faim, apostasiez, et vous serez riches.
Quelle tentation, Messieurs, et que le calcul était
profond, si la conscience n'était pas plus profonde
encore que l'enfer ! Ne craignez rien pour le peuple
martyr ; voilà deux siècles qu'il est plus grand que cette
séduction, et qu'il lève vers Dieu ses mains tranquilles,
en disant dans son cœur : « Dieu les voit, et il nous
« voit aussi ; ils auront leur récompense et nous la
« nôtre. »

Je ne le nommerai pas, Messieurs, ce peuple cher et
sacré, ce peuple plus fort que la mort : mes lèvres ne
sont pas assez pures et assez ardentes pour le nommer ;
mais le ciel le connaît, la terre le bénit, tous les cœurs
généreux lui ont fait une patrie, un amour, un asile... O
ciel qui voyez, ô terre qui savez, ô vous tous, meilleurs

et plus dignes que moi, nommez-le, nommez-le, dites :
L'Irlande !

L'Irlande, Messieurs ! tel était son sort lorsque le dix-
neuvième siècle s'ouvrit et s'inaugura sous la main de
Dieu par deux coups de tonnerre : l'un avait retenti
dans le Nouveau-Monde, sur des plages encore mal
connues, l'autre au sein de notre propre patrie. Ces
deux éclats de la Providence avertirent les oppresseurs
de l'Irlande ; ils leur firent soupçonner qu'un règne de
justice et de liberté se préparait dans la conscience des
hommes par de si mémorables catastrophes, et soit
peur, soit commencement de compassion, ils dénouè-
rent un peu les liens qui enchaînaient la vie de leur
victime. Entre les droits qu'ils lui rendirent alors,
était un droit en apparence bien peu considérable :
celui de défendre des intérêts privés devant les tribunaux de la juridiction ordinaire. Certes, Messieurs, la
concession semblait de légère importance et de peu d'a-
venir ; mais l'Angleterre n'avait pas réfléchi que c'était
délivrer la parole, et que délivrer la parole c'est délivrer Dieu : car la parole, sur des lèvres inspirées par la
foi, est vérité, charité, autorité. La parole enseigne, la
parole fortifie, la parole commande, la parole combat,
la parole est la vraie libératrice des consciences, et
quand les oppresseurs lui ouvrent le champ, on peut
croire, sans leur manquer de respect, qu'ils ne savent
pas ce qu'ils font. La parole était donc libre en Irlande,

et dès son premier jour, à l'heure même où elle était encore étonnée de n'avoir plus d'entraves, elle tomba dans le cœur et sur les lèvres d'un jeune homme de vingt-cinq ans, et il se trouva que ces lèvres étaient éloquentes et que ce cœur était grand.

Tout à coup les lacs de l'Irlande retinrent sur leurs flots les souffles qui les agitaient; ses forêts demeurèrent tremblantes et immobiles; ses montagnes firent comme un effort d'attention : l'Irlande entendait une parole libre et chrétienne, une parole pleine de Dieu et de la patrie, habile à soutenir le droit des faibles, demandant compte des abus de l'autorité, ayant conscience de sa force et la donnant à tout le peuple. Certes, c'est un jour heureux que celui où une femme met au monde son premier-né; c'est un autre jour heureux que celui où le prisonnier revoit l'ample lumière du ciel; c'est encore un jour heureux que celui où l'exilé rentre dans sa patrie : mais aucun de ces bonheurs, les plus grands de l'homme, ne produit et n'égale le tressaillement d'un peuple qui, après de longs siècles, entend pour la première fois la parole humaine et la parole divine dans la plénitude de leur liberté. Et cette inénarrable joie, l'Irlande la devait à ce jeune homme de vingt-cinq ans, qui s'appelait Daniel O'Connell.

En moins de dix ans, O'Connell entrevit qu'il serait un jour le maître de ses concitoyens et il songea dès lors au plan qu'il devait suivre pour préparer leur affranchissement. Par où le commencer? Quel était l'anneau de cette lourde chaîne à briser le premier? Il estima que les droits de la conscience passaient avant tous les autres ; que là, dans cette servitude de l'âme, était le centre et le point d'appui de toute tyrannie, et que par conséquent il y fallait porter le premier coup. L'émancipation des catholiques d'Irlande et d'Angleterre devint la préoccupation de tous ses jours, le rêve constant de son génie. Je ne vous en raconterai pas toutes les tentatives et toutes les déceptions. Les unes comme les autres furent innombrables. Dix années nouvelles s'écoulèrent dans ces infructueux essais. Ni l'homme ni le temps n'étaient mûrs ; la Providence est lente, et une patience égale à la sienne est le don qu'elle accorde aux hommes dignes de lui servir d'instrument. Enfin, l'heure sonna où O'Connell put se flatter d'être le chef moral de sa nation, d'avoir dans sa main tous les esprits et tous les cœurs, toutes les idées et tous les intérêts de l'Irlande, et que pas un mouvement ne s'opérerait que sous sa souveraine direction. Il lui en avait coûté vingt années de travaux pour arriver à ce jour mémorable où il put se dire sans orgueil : Maintenant je suis le roi de l'Irlande.

C'est beaucoup, Messieurs, de se faire chef de parti. Quand un homme a le droit de se dire qu'il gouverne un parti, il y a de quoi satisfaire la plus immodérée des ambitions : tant il est difficile d'amener à l'obéis-

sance ceux-là mêmes qui partagent toutes nos pensées
et tous nos desseins. C'est un chef-d'œuvre d'habileté et
de force que de créer un parti, et pourtant le chef de
parti n'est rien en comparaison de l'homme qui est de-
venu le chef moral d'une nation tout entière et qui la
maintient sous ses lois, sans armées, sans police, sans
tribunaux, sans autre ressource que son génie et son
dévouement. Le règne d'O'Connell commença en 1823.
Il établit en cette année-là, par toute l'Irlande, une
association qu'il appela l'association catholique, et
comme aucune association n'a de puissance sans un
revenu constant, O'Connell fonda la rente de l'émancipation, qu'il fixa à deux sous par mois.

Gardons-nous de sourire, Messieurs, il y avait dans
ces deux sous par mois un grand calcul de finances et
un plus grand calcul du cœur. L'Irlande était pauvre,
et un peuple pauvre n'a qu'un moyen de devenir riche,
c'est que chaque main donne à la patrie du peu qu'elle a.
Le sou de l'émancipation conviait tout enfant d'Erin
à prendre part au glorieux travail de l'affranchissement; la misère, si profonde qu'elle fût, n'ôtait à
aucun l'espérance d'être assez riche au bout du mois
pour faire une insulte à l'or de l'Angleterre.

L'association catholique et la rente de l'émancipation
eurent un succès inouï et élevèrent l'action d'O'Connell
à la puissance et à la dignité d'un gouvernement.

Trois ans après, en 1826, lors des élections générales de l'empire britannique, on fut étonné de voir les Irlandais, qui n'avaient apporté jusque-là dans les scrutins qu'un vote honteux et acquis d'avance à leurs oppresseurs, on fut, dis-je, étonné de les voir déposer dans l'urne des noms qui protestaient de leurs droits et de l'intention où ils étaient de les défendre désormais.

Ce n'était rien encore : bientôt O'Connell parut devant les électeurs de Clare et se porta lui-même comme candidat au parlement d'Angleterre. Il fut élu, malgré le serment qui mettait entre lui et la législature la barrière de l'apostasie; et il osa se présenter, son élection à la main, sa foi dans son cœur, dans ces murs de Westminster, qui frémirent en voyant un catholique violer leur majesté et leur intolérance séculaires par l'inouïe prétention de siéger et de faire siéger dans la personne d'un proscrit, d'un catholique, d'un Irlandais, la personne même de tout un peuple.

L'opinion publique était ébranlée jusque dans ses fondements; toute l'Irlande était debout, fière et obéissante, agitée et pacifique ; des vœux, des acclamations, des secours, lui venaient de tous les points de l'Europe, des rivages de l'Amérique et de l'Angleterre elle-même, sensible enfin, dans une partie des siens, au cri d'une justice si éloquemment réclamée. Ni le ministère anglais, ni le roi de la Grande-Bretagne, ne voulaient l'émancipation des catholiques ; d'ardents préjugés vivaient encore au sein des deux chambres, qui avaient plusieurs fois repoussé, depuis trente ans, des projets de cette nature, quoique adoucis pour l'orgueil protestant par de dures conditions. Mais c'était en vain que les restes des passions anciennes opposaient une digue au sentiment de l'équité générale ; le monde était à une de ces heures magiques où il ne fait pas ce qu'il veut. Le 13 avril 1829, l'émancipation des catholiques fut proclamée par un bill émané du ministère, accepté de la législature et signé par le roi.

Arrêtons-nous un moment, Messieurs, pour réfléchir aux causes d'un si mémorable événement, car vous comprenez bien qu'un seul homme, quel que fût son génie, n'eût pas été capable d'opérer cette révolution si elle n'avait été préparée de loin et amenée à sa maturité par la force même des temps. Il faut le reconnaître, sous peine d'excéder dans la louange la plus juste et de faire de l'admiration un sentiment aveugle encore plus que généreux. Ce fut parmi nous,..... car je ne perds jamais l'occasion de rentrer dans ma patrie, ce fut parmi nous, en France, au dix-huitième siècle, que le principe de la liberté de conscience retrouva son cours depuis longtemps affaibli et détourné. La philosophie de cet âge, quoique ennemie du Christianisme, lui emprunta le dogme de la liberté des âmes et le soutint avec un zèle qui ne faillit jamais, moins sans doute par amour de la justice et de la vérité, qu'avec le dessein d'ébranler le règne de Jésus-Christ. Mais quelle

que fût sa pensée, elle fondait dans les esprits le retour
d'une tolérance équitable et préparait, pour les siècles
à venir, l'affranchissement de tant de peuples chrétiens
opprimés par la main de fer du despotisme et de l'hérésie. Ainsi, Dieu a-t-il coutume de tirer le bien du
mal, et il ne se produit rien dans le monde, même
contre la vérité et la justice, qui ne doive, tôt ou tard,
par une divine transformation, servir la cause de la
justice et de la vérité. Cette idée française de la liberté
de conscience avait passé en Angleterre et aux États-
Unis d'Amérique, et O'Connell qui la rencontra sur sa
glorieuse route, la fit servir sans peine à l'accomplisse-
ment de son œuvre.

C'est pourquoi, Messieurs, avant d'insister sur la reconnaissance que nous lui devons, il est juste que je
vous convie à honorer d'une acclamation sincère et
unanime tous ceux qui ont aidé cette grande œuvre de
l'émancipation des catholiques. C'est la première fois
que dans une assemblée française, au pied des autels,
sous les regards de Dieu et des hommes, nous avons
l'occasion de payer un tribut de reconnaissance aux
coopérateurs de l'affranchissement de nos frères d'Irlande et d'Angleterre, aux instruments divers, éloignés
ou prochains, de ce grand acte du 13 avril 1829, que
tant de cœurs appelaient, que tant de souverains pon-
tifes, dans les mystérieuses veilles du Vatican, avaient
ardemment imploré, et qui restera à tout jamais dans

l'histoire comme un monument d'une des plus belles
heures que Dieu ait accordées à la conscience du genre
humain. Unissez-vous donc à moi, ô mes frères, unissez-vous tous à moi du fond du cœur, et les mains le-
vées vers Dieu, disons ensemble : Louange, honneur,
gloire et reconnaissance éternels à sir Robert Peel et à
Sa Grâce le duc de Wellington, qui ont présenté au Parlement anglais le bill d'émancipation des catholiques !
Louange, honneur, gloire et reconnaissance éternels à
la Chambre des Communes et à la Chambre des Pairs
d'Angleterre, qui ont accepté le bill d'émancipation des
catholiques ! Louange, honneur, gloire et reconnaissance éternels à Sa Majesté le Roi Georges IV, qui a signé
et sanctionné le bill d'émancipation des catholiques !
Louange, honneur, gloire et reconnaissance éternels à
ces protestants d'Angleterre et d'Irlande, qui, avec la
magnanimité d'un esprit vraiment patriotique et chrétien, ont favorisé la présentation, la discussion, l'adop-
tion du bill qui a émancipé les catholiques ! Mais aussi
et par-dessus tout, louange, honneur, gloire et reconnaissance éternels à l'homme qui a rassemblé dans sa
puissante main les éléments épars de la justice et de
la délivrance, et qui les poussant au terme avec une
patience vigoureuse que trente années n'ont pas
lassée, a fait luire enfin sur sa patrie le jour inespéré
de la liberté de conscience, et a ainsi mérité, non
pas seulement le titre de libérateur de son pay

3

mais le titre œcuménique de libérateur de l'Église !

Car, n'y eût-il que l'Irlande à qui l'émancipation eût profité, quel est l'homme, dans l'Église, après Constantin, qui ait affranchi d'un seul coup sept millions d'âmes? Rappelez vos souvenirs; cherchez dans l'histoire depuis le premier et fameux édit qui accorda aux chrétiens la liberté de conscience, et voyez s'il s'y rencontrera beaucoup d'actes comparables par l'étendue des effets à l'acte d'émancipation? Voilà sept millions d'âmes libres de servir et d'aimer Dieu jusqu'à la consommation des temps, et chaque fois que ce peuple avançant dans sa vie et dans sa liberté, reportera en arrière le regard de l'homme qui étudie le secret de ses voies, il rencontrera le nom d'O'Connell à la fin de sa servitude et au commencement de sa renaissance.

Mais l'acte d'émancipation n'a pas atteint la seule Irlande; il embrassait dans sa plénitude tout l'empire britannique, c'est-à-dire, outre l'Irlande, l'Écosse et la Grande-Bretagne, ces îles, ces péninsules et ces continents où l'Angleterre étendait autrefois avec sa domination l'intolérance de ses lois. Voilà donc cent millions d'hommes, voilà les rivages baignés par vingt mers et les mers elles-mêmes délivrés du joug spirituel. Les vaisseaux de l'Angleterre voguent désormais sous le pavillon de la liberté de conscience, et les innombrables peuples qu'ils touchent de leur proue ne peuvent plus séparer dans leur pensée la puissance, la civilisa-

tion, la liberté de l'âme, ces trois choses nées du Christ
et laissées comme son héritage terrestre aux nations
qui embrassent le mystère libérateur de sa croix.
Quelles conséquences, Messieurs, d'un seul acte ! quel
horizon sans mesure ouvert aux espérances de l'Église !
Ai-je besoin d'en dire davantage pour que vous ne
regrettiez plus la hardiesse avec laquelle je prononçais
le nom d'O'Connell après les noms de Moïse, de Cyrus,
de Judas Machabée, de Constantin, de Charlemagne et
de Grégoire VII, tous agissant avec la force de la souveraineté régulière, tandis qu'O'Connell n'avait que la
force du citoyen et la souveraineté du génie.

Et pourtant je n'ai pas tout dit. Il est un péril que
court la société moderne, le plus grand de tous, je veux
dire l'alliance de la servitude spirituelle avec la liberté
civile. Des circonstances qu'il serait trop long de dé-
duire poussent sur cette pente funeste les destinées de
plus d'un peuple, et l'Angleterre était là pour les en-
courager de son exemple, ayant d'une part des institutions libérales qu'elle garde avec une suprême jalousie,
et de l'autre accablant une portion de ses sujets sous
le sceptre d'un fanatisme autocratique et intolérant.
O'Connell a brisé cet enseignement terrible donné par
l'Angleterre au continent européen. Les peuples jeunes
encore dans la liberté civile ne verront plus leur frère
aîné les pousser dans la voie de la servitude religieuse
par le spectacle d'une adultère contradiction. Désor-

mais toutes les libertés sont sœurs; elles entreront ou sortiront le même jour toutes ensemble, famille en effet inséparable et sacrée, dont nul membre ne peut mourir sans la mort de tous.

Enfin, considérez ceci : que le principe de la liberté de conscience d'où dépend l'avenir de la vérité dans le monde, était déjà appuyé en Europe par la puissance de l'opinion et par la puissance du catholicisme; car partout où l'opinion peut s'exprimer, elle demande la liberté de conscience, et dans la plupart des grands États catholiques, elle est établie déjà de droit et de fait. Le protestantisme seul n'avait pas encore donné sa voix à ce solennel traité des âmes; malgré son principe en apparence libéral, il gardait au fond l'intolérance native de l'hérésie. Grâce à O'Connell, l'opinion, le catholicisme et le protestantisme, c'est-à-dire toutes les forces intellectuelles et religieuses de l'Europe, sont d'avis de poser le travail de l'avenir sur l'équitable transaction de la liberté de conscience.

Et lorsque les résultats en seront acquis au monde, lorsque nous aurons vu, non pas nous, mais nos descendants, toutes les erreurs religieuses vaincues par le développement pacifique du Christianisme; lorsque l'Islamisme, déjà mourant, se sera éteint sans retour; que le Brahmanisme et le Bouddhisme, déjà menacés, auront accompli leur cycle transitoire; qu'il ne restera plus en présence que l'affirmation totale de la vérité et le néant total de l'erreur, et qu'ainsi le débat des intelligences touchera au moment suprême de sa consommation, alors la postérité connaîtra O'Connell tout entier ; elle jugera quelle était la mission et quelle a été la vie de l'homme qui a su affranchir, dans le sanctuaire du for intérieur, tous les royaumes de l'Angleterre, ses colonies, ses flottes, sa puissance, et les mettre par tout l'univers, d'une manière directe ou indirecte, au service de la cause de Dieu, de son Christ et de son Église. Elle jugera s'il n'a pas mérité, dans le sens chrétien et universel, ce titre de libérateur que nous lui décernons dès aujourd'hui.

Mais il l'a été encore d'une autre manière, qu'il me reste à vous dire.

Ce n'est pas seulement l'Église qui est persécutée ici-bas, l'humanité l'est aussi. L'humanité, comme l'Église, est tour à tour persécutée et délivrée, et par la même raison. L'Église est persécutée, parce qu'elle possède des droits et qu'elle impose des devoirs ; l'humanité l'est, parce qu'elle a aussi dans son domaine des devoirs et des droits. La justice nous pèse, n'importe sur quelle tête elle réside, et nous cherchons à lui échapper, non-seulement au détriment de Dieu, mais au détriment de l'homme. Nous nions les droits de l'homme comme nous nions les droits de Dieu ; et c'est une grande erreur de croire qu'il n'y a ici-bas qu'un combat, et que, l'Église ayant sacrifié ses intérêts éternels, il ne resterait pas d'autres intérêts pour lesquels il faudrait tirer l'épée. Non, Messieurs, détrompons-nous, les droits de Dieu et les droits de l'humanité sont conjoints ; les devoirs envers Dieu et les devoirs envers l'humanité ont été confondus dans la loi de l'Évangile aussi bien que dans la loi du Sinaï ; tout ce qui se fait pour ou contre Dieu se fait pour ou contre l'homme. Comme Dieu est persécuté, nous le sommes aussi ; comme Dieu est délivré, nous le sommes pareillement. L'histoire du monde, aussi bien que l'histoire de l'Église, a ses persécuteurs et ses libérateurs : je pourrais vous en dresser des tables ; mais le temps nous presse, laissons le passé, et venons de nouveau à ce cher et glorieux O'Connell, pour le voir fils de l'homme après l'avoir vu fils de Dieu.

Il avait cinquante-quatre ans le jour où fut conquis le bill d'émancipation des catholiques. Cinquante-quatre ans, Messieurs, c'est un âge terrible, non parce qu'il approche de la vieillesse, mais parce qu'il possède assez de force pour être ambitieux avec assez de lassitude pour être content du passé et songer au repos de la gloire. Il est peu d'hommes qui, ayant obtenu par trente années de travaux un triomphe éclatant, et surtout un triomphe auguste comme celui de l'acte d'émancipation, aient assez de courage pour commencer une seconde carrière et pour exposer leur renommée aux coups de la fortune, tandis qu'ils peuvent jouir d'une vieillesse heureuse et toute couronnée. D'autres se laissent aller au piége d'une vulgaire ambition. On voit ces tribuns du peuple, après avoir servi dans leur premier âge la cause de la justice et de la liberté, se détacher d'elle sous quelque couleur de devoir, se persuader qu'il y a deux manières de les servir, et, trompés par l'inconstance, faire de la seconde part de leur vie une insulte à la première.

O'Connell, Messieurs, sut éviter l'un et l'autre écueil; il demeura jeune et ignorant des années jusqu'à la fin de sa vie. J'aperçois des jeunes gens dans cet auditoire: O'Connell, Messieurs, fut de votre âge tant qu'il n'eut pas disparu du milieu de nous; il a vécu, il est mort dans la sincérité d'une inaltérable jeunesse. A peine s'était-il donné le temps de voir son triomphe, à peine avait-il forcé, par une seconde élection, les portes du parlement, qu'il se leva de son siége, et que, à l'étonnement de toute l'Angleterre, il courut en Irlande. Qu'y va-t-il chercher? Il va dire à sa chère Érin que ce n'est pas assez d'avoir affranchi la conscience, que Dieu et l'homme sont inséparables, et qu'après avoir servi la patrie du ciel, s'il reste quelque chose à faire pour la patrie de la terre, c'est n'avoir accompli que le premier commandement, mais non pas le second, et que tous les deux n'en faisant qu'un, n'avoir pas accompli le second, ce n'est pas même avoir accompli le premier. Il lui confesse, vieux et comblé de gloire, que son intention est de recommencer sa vie, et de ne pas se reposer un seul jour tant qu'il n'aura pas obtenu l'égalité des droits entre l'Angleterre et l'Irlande. Car tel était, en ce qui concerne le droit humain, l'état des deux pays, que l'un paraissait à peine le satellite de l'autre. L'Angleterre avait diminué la propriété, le commerce, l'industrie, tous les droits de l'Irlande, pour augmenter les siens ; et cette odieuse tactique plaçait l'Irlande dans un état d'infériorité qui allait jusqu'à l'impuissance de vivre. Tel est le despotisme, Messieurs, et nous en sommes tous coupables à un certain degré ; tous, plus ou moins, nous diminuons les droits d'autrui pour augmenter les nôtres, et l'homme qui est exempt de cette tache si opiniâtre dans notre espèce, peut croire qu'il est arrivé au dernier point de perfection de la nature humaine.

O'Connell a tenu parole ; il n'a pas manqué un seul jour de réclamer l'égalité des droits entre l'Angleterre et l'Irlande, et il a usé dans ce second travail les dix-sept dernières années de sa vie. Il obtint que le ministère présentât plusieurs bills dans le sens de l'égalité des droits ; le Parlement les repoussa constamment. Le libérateur ne se rebuta point ; il eut le plaisir de voir tomber sous ses coups les municipalités d'Irlande exclusivement composées de protestants, et le premier catholique depuis deux siècles, il vit sur sa poitrine les insignes de Lord-Maire de Dublin.

Cette constance à revendiquer les droits humains de

sa patrie, sans jamais se laisser abattre ni par l'âge ni par l'insuccès, eussent suffi, Messieurs, pour marquer la place d'O'Connell parmi les libérateurs de l'humanité; car quiconque sert son pays dans le sens général des droits de tous n'est pas l'homme d'un temps ni d'un lieu; il parle pour les peuples présents et à venir, il leur donne l'exemple et le courage, il jette dans le monde une semence que le genre humain moissonnera tôt ou tard. Nous jugerons mieux encore l'action civile d'O'Connell si nous examinons les bases où il la plaça, et la doctrine qu'il nous a léguée au sujet de la résistance à l'oppression.

Réclamer le droit, tel fut pour O'Connell le principe de la force contre la tyrannie. Il y a, en effet, dans le droit, comme dans tout ce qui est vrai, une puissance propre, éternelle et indestructible, qui ne peut disparaître que lorsque le droit n'est plus même nommé. La tyrannie serait invincible si elle réussissait à anéantir l'idée du droit avec son nom, à créer sur la terre le silence du droit. Elle tâche du moins d'approcher de ce terme absolu, et de diminuer par tous les moyens de violence et de corruption la bouche de la justice. Tant qu'il reste une âme juste avec des lèvres hardies, le despotisme est inquiet, il s'agite, il se doute que l'éternité conspire contre lui. Le reste lui est indifférent ou du moins ne l'effraie que peu. En appelez-vous aux armes? c'est l'affaire d'une bataille. A l'émeute? c'est l'affaire de quelques agents de police. La violence est du temps, e droit est du ciel. Quelle dignité, quelle force dans le droit qui parle avec calme, avec honnêteté, avec sincérité, par le cœur d'un homme de bien ! Sa nature est contagieuse; dès qu'on l'entend, l'âme le reconnaît et l'étreint; il suffit quelquefois d'un moment pour que tout un peuple le proclame et soit à ses genoux. On oppose, il est vrai, que la réclamation du droit n'est pas toujours possible, et qu'il est des temps et des lieux où l'oppression est déjà si invétérée, que la parole du droit y est aussi chimérique que sa réalité. Il en peut être ainsi; mais ce n'était point la position d'O'Connell et de sa patrie. O'Connell et l'Irlande pouvaient parler, écrire, pétitionner, s'associer, élire des magistrats et des députés. Le droit de l'Irlande était méconnu, mais non pas désarmé, et dans cet état de choses, la doctrine d'O'Connell était celle du Christianisme et de la raison. La liberté est une œuvre de vertu, une œuvre sainte, et par conséquent une œuvre de l'esprit.

Mais la réclamation du droit doit être persévérante. L'affranchissement d'un peuple n'est pas l'affaire d'un jour ; il rencontre infailliblement dans les idées, les passions, les intérêts et l'entrelacement toujours profond des choses humaines, mille obstacles accumulés par le temps et que le temps seul est capable de soulever, pourvu qu'on aide son cours par une action parallèle et ininterrompue. Il ne faut pas, disait O'Connell, parler aujourd'hui et demain, écrire, pétitionner, s'associer aujourd'hui et demain; il faut parler toujours, écrire toujours, pétitionner toujours, s'associer toujours, jusqu'à ce que le but soit atteint et le droit satisfait. Il faut lasser la patience de l'injustice et forcer la main de la Providence. Vous l'entendez, Messieurs, ce n'est pas ici l'école des désirs vains et sans vertu, c'est l'école des âmes trempées pour le bien, qui en savent le prix et ne s'étonnent pas qu'il soit grand. O'Connell, du reste, a donné à ses leçons la sanction de ses exemples; ce qu'il disait, il le faisait, et nulle vie n'a été jusqu'au dernier moment plus infatigable et mieux remplie que la sienne. Il travaillait devant l'avenir avec la certitude qu'inspire le présent; il n'était jamais surpris ni mécontent de n'être pas au terme; il savait qu'il ne l'atteindrait pas de son vivant, il en doutait du moins, et on eût dit, à la ferveur de ses actes, qu'il n'avait plus qu'un pas et qu'un jour à franchir. Qui comptera le nombre des assemblées où il a porté la parole et présidé, les pétitions qu'il a dictées, ses voyages, ses démarches, ses triomphes populaires et cet inexprimable arsenal d'idées et de faits qui composent le tissu fabuleux de ses soixante-douze ans? C'était l'hercule de la liberté.

A la persévérance dans la réclamation du droit il ajoutait une condition qui lui parut toujours d'une souveraine importance, c'était d'en être un irréprochable organe, et, à expliquer cette maxime par sa conduite, on voit d'abord qu'il entendait que tout serviteur de la liberté la voulût également et efficacement pour tous, non pas seulement pour son parti, mais pour le parti adverse ; non pas seulement pour sa religion, mais pour toutes ; non pas seulement pour son pays, mais pour le monde entier. L'humanité est une, et ses droits sont les mêmes partout, encore que leur exercice diffère selon l'état des mœurs et des esprits. Quiconque excepte un seul homme dans la réclamation du droit, quiconque consent à la servitude d'un seul homme, blanc ou noir, ne fût-ce même que par un cheveu de sa tête injustement lié, celui-là n'est pas un homme sincère et ne mérite pas de combattre pour la cause sacrée du genre humain. La conscience publique repoussera toujours l'homme qui demande une liberté exclusive ou même insouciante du droit d'autrui, car la liberté exclusive n'est plus qu'un privilége, et la liberté insouciante des autres n'est plus qu'une trahison. L'on voit tel peuple arrivé à un certain développement de ses institutions sociales, s'arrêter tout court ou même retourner en arrière. Ne vous demandez pas pourquoi. Vous pouvez être sûrs qu'il se passe au sein de ce peuple quelque sacrifice occulte du droit, et que les défenseurs apparents de sa liberté, incapables de la vouloir pour d'autres que pour eux, ont perdu le prestige qui la conquiert et qui la sauve, qui la conserve et qui l'étend. Fils dégénérés des saints combats, leur parole énervée roule dans un cercle vicieux où il suffit de les écouter pour leur avoir déjà répondu.

Il n'en fut jamais ainsi d'O'Connell ; jamais, en cinquante ans, sa parole ne perdit une seule fois le charme invincible de la sincérité. Elle vibrait pour le droit de son ennemi comme pour le sien. On l'entendait flétrir l'oppression de quelque part qu'elle vînt et sur quelque tête qu'elle tombât ; aussi attirait - il à sa cause, à la cause de l'Irlande, des âmes éloignées de la sienne par l'abîme des dissentiments les plus profonds ; des mains fraternelles cherchaient sa main de tous les points les plus éloignés du monde. C'est qu'il y a dans le cœur de l'homme honnête qui parle pour tous, et qui en parlant pour tous, semble même quelquefois parler contre lui ; il y a là, dis-je, une toute-puissance de supériorité logique et morale qui produit presque infailliblement la réciprocité.

Oui, catholiques, entendez-le bien, si vous voulez la liberté pour vous, il vous faut la vouloir pour tous les hommes et sous tous les cieux. Si vous ne la demandez que pour vous, on ne vous l'accordera jamais ; donnez-la où vous êtes les maîtres, afin qu'on vous la donne où vous êtes esclaves.

O'Connell entendait encore en un autre sens cette maxime, qu'il fallait être irréprochable dans la réclamation du droit. Il voulait qu'on portât à l'autorité, et à la loi qui en est la plus haute expression, un respect sincère et religieux. Car l'autorité est aussi une liberté, et quiconque voulant défendre celle-ci attaque celle-là, ne sait ni ce qu'il dit ni ce qu'il fait. L'autorité est une partie intégrante de la liberté, comme le devoir rentre dans le droit par une corrélation manifeste, puisque le droit d'un homme entraîne nécessairement le devoir d'un autre. C'est pourquoi les chartes civiles, aussi bien que la grande charte évangélique, consacrent en même temps le droit et le devoir, la liberté et l'autorité. Toute main qui les sépare les anéantit, et jamais un peuple qui ne les vénère pas au même titre ne sera capable de devenir un peuple libre. O'Connell poussait jusqu'à la superstition le respect de la loi; il se permettait tout jusqu'à la limite où il rencontrait une loi évidemment en vigueur. Et pourtant nul homme n'a fait sous des lois, même persécutrices, un plus surprenant usage de l'espace qu'elles laissaient à sa disposition. Sa profonde connaissance du droit servait admirablement la magie de ses marches et de ses contre-marches, et il a eu l'honneur de mourir, après quarante-sept ans de luttes civiles, sans avoir encouru une seule condamnation judiciaire définitive. Une fois, lors de cette fameuse assemblée de Clontarf, il eut peur d'avoir été pris dans un piége où il n'aurait pas laissé sans tache la robe baptismale de son tribunal populaire et chrétien. La veille de l'assemblée, à quatre heures du soir, au moment où Dublin et l'Irlande regorgeait de troupes britanniques, le vice-roi fit proclamer une ordonnance d'interdiction. Les cheveux se dressèrent sur la tête d'O'Connell par la pensée d'une collision inévitable entre le peuple et l'armée. On le vit pâle et agité expédier toute la nuit avertissements sur avertissements, courriers sur courriers ; et enfin à l'aube du jour, après une nuit affreuse, il eut le bonheur que pas une âme ne se trouvât sur ce champ de Clontarf qui en attendait cinq cent mille.

Ce fut l'occasion de son dernier triomphe. Vous savez comment l'Angleterre voulut lui faire expier une fois cette agitation semi-séculaire où il avait tenu tout une partie de l'empire ; comment il fut cité, condamné, emprisonné, et, enfin, la sentence portée devant la Chambre des Pairs d'Angleterre par l'appel de l'homme qui devait y compter tant d'ennemis. Moment célèbre où toute l'Irlande vint visiter dans sa prison le libérateur captif, où les évêques assemblés émirent une prière à Dieu pour que l'homme d'Erin fût conforté dans la tribulation et en sortît victorieux ! Cette prière de tout le peuple fut exaucée, et après un magnanime arrêt qui déclara qu'O'Connell n'avait point failli, l'Irlande eut encore une fois l'orgueil et la consolation de porter son vieux père dans toute la gloire qu'elle lui avait faite, et qui semblait ne pouvoir plus ni croître ni finir.

Selon les pensées des hommes, O'Connell eût dû

mourir ce jour-là. Mais l'Arbitre des destinées et le Juge des cœurs en avait autrement décidé. O'Connell était chrétien; la foi et l'amour de Dieu avaient été les principes vivifiants de toute son existence; toutefois, si vrai fidèle qu'il eût été, il avait pu n'être pas insensible au magnifique enchaînement de ses jours. La gloire est un poison subtil qui pénètre l'airain des cœurs les mieux trempés; O'Connell méritait que Dieu le purifiât vivant, et mît sur sa tête, après tant de couronnes qui ne s'y étaient jamais flétries, cette couronne suprême de l'adversité sans laquelle aucune gloire n'est parfaite ni sur la terre ni dans le ciel.

O'Connell vit une partie des siens se détacher de lui; son âme fut blessée dans l'orgueil et dans l'amitié; elle le fut aussi dans le peuple, qu'il avait si tendrement et si efficacement servi. Une famine horrible moissonna sous ses yeux les enfants d'Érin; il vit des maux contre lesquels l'éloquence et le génie ne pouvaient rien, et sentit jusqu'au fond toute l'impuissance de la gloire. Mais, pendant qu'il était en proie à cette douloureuse agonie, tout à coup, sur les rives sacrées du Tibre, une voix fut entendue qui fit tressaillir le monde et la chrétienté. L'une et l'autre attendaient un père qui ressentît les besoins des siècles nouveaux, qui les prît dans sa main pontificale et pacifique, et les élevât de terre jusqu'à la hauteur même de la religion. Cette attente et ces vœux étaient exaucés : O'Connell pouvait mourir,

Pie IX était au monde; O'Connell pouvait se taire,
Pie IX parlait; O'Connell pouvait descendre dans les
langes du tombeau, Pie IX était debout sur la chaire
de saint Pierre. Le vieil et mourant athlète de l'Église
et de l'humanité ne s'y trompa point; la force et la
faiblesse de sa vie lui furent révélées, il connut qu'il
n'avait été que le précurseur d'un plus grand libérateur que lui, et comme Jean-Baptiste alla visiter dans
le désert l'envoyé qu'il attendait, et dont il ne se croyait
pas digne de délier la chaussure, O'Connell tourna les
yeux vers Rome, et, faisant un dernier effort sur l'âge
et sur le malheur, il partit dans la simplicité et dans
la joie du pèlerin. Mais il était trop tard; le souffle lui
manqua sur les bords de la Méditerranée, lorsqu'il en-
trevoyait déjà les coupoles et l'horizon de Rome. Tout
Rome l'attendait et lui préparait des arcs de triomphe.
Son cœur seul arriva dans la ville, où Pie IX le reçut.
Le pontife, posant les mains sur le fils d'O'Connell, lui
dit ces mots : «Puisque je suis privé du bonheur, si
longtemps désiré, d'embrasser le héros de la chrétienté,
que j'aie du moins la consolation d'embrasser son fils!»
Ne cherchons pas ailleurs, Messieurs, le tombeau
d'O'Connell; il n'est point en Irlande, si digne qu'elle
fût de le posséder éternellement : le tombeau d'O'Connell est dans les bras et dans l'âme de Pie IX. C'est là
qu'il nous faut regarder pour dire au libérateur la parole suprême, la parole et la prière de l'adieu.

Recueillons-nous un moment.

Messieurs, les intérêts de l'Église sont ceux de l'humanité, et les intérêts de l'humanité sont ceux de l'Église. Le Christianisme, dont l'Église est le corps vivant, n'est parvenu à un aussi haut degré de puissance qu'à cause de la fusion profonde qui existe entre lui et l'humanité. Or, la société moderne est l'expression des besoins de l'humanité, et par conséquent elle est aussi l'expression des besoins de l'Église; et ce peu de mots vous donne la signification intime de la vie d'O'Connell. O'Connell a été, dans notre âge de divisions, le premier médiateur entre l'Église et la société moderne; ce qui revient à dire qu'il a été, dans ce même âge, le premier médiateur entre l'Église et l'humanité. Il faut le suivre, Messieurs, si nous voulons servir Dieu et les hommes. Sans doute c'est le monde qui s'est séparé de nous, qui a voulu vivre et se gouverner sans nous; mais qu'importe d'où soit venu le mal, et en qui ait été l'orgueil de la séparation. Nous sentons aujourd'hui le besoin que nous avons les uns des autres; allons au-devant du monde qui lui-même nous cherche et nous attend. Cette admiration qu'il verse sur la mémoire d'O'Connell, ces cris d'amour qu'il élève autour de Pie IX, c'est un vœu qu'il épanche à la face du ciel, et une preuve qu'il n'est pas insensible envers qui comprend ses maux et ses besoins. Comprenez-les, Messieurs; marchons de loin, mais avec foi, sur les traces glorieuses que nous venons de parcourir; et si déjà vous en sentez le vouloir, si les vaines ombres du passé diminuent dans votre esprit, si la force vous vient, et avec elle un pressentiment que vous ne serez pas inutiles à la cause de l'Église et de l'humanité, ah! n'en cherchez point la cause, dites-vous que Dieu vous a parlé une fois par l'âme d'O'Connell.

PARIS. — IMPRIMERIE DE BAILLY, DIVRY ET Cᵉ.

OUVRAGES DU MÊME AUTEUR.

CONFÉRENCES DE NOTRE-DAME DE PARIS, gr. in-8°.

  — Tome I.   7 fr.

  — Tome II.   7 fr. 50

VIE DE SAINT DOMINIQUE, un vol. in-8° orné d'un portrait sur acier.   8 fr.

  — Le même, 1 vol. in-12.   2 fr.

ÉLOGE FUNÈBRE DU GÉNÉRAL DROUOT, in-8°.   1 fr.

ÉLOGE FUNÈBRE DE MGR DE FORBIN-JANSON, in-8°.   1 fr.

PORTRAIT DE DANIEL O'CONNELL, papier de Chine sur un quart de Colombier, prix net :   4 fr.

  — Le même sur papier de Chine in-4°.   2 fr

Le produit de la vente est destiné aux pauvres familles irlandaises.

9 782014 023213